贾祖璋
科普大师经典馆

鸟类的生活

贾祖璋 著

中国国际广播出版社

序

鸟类是地球上一种快乐的生物。我们对于她们，没有一人不加爱惜，视为可以安慰我们枯燥的生活的。

这本书，将论述一些关于她们的事实；她们在什么地方住，她们在什么地方睡，她们吃些什么，她们如何得着美丽的衣服，以及其他。但是没有一个人能够完全说明她们的生活和习性；因为她们的生活和习性，我们所知，还极有限。

研究鸟类标本的人，能够说明她们如何构造：例如她们的骨骼如何组合，翼和尾的羽毛有几多；当然，这些是很容易知道的。但是，观察鸟类生活的情形，更有趣味。

我们去看母鸟建筑她们的巢，随后看护她们的雏鸟；当雏鸟开始飞翔的时候，这是一种何等快乐的现象。母鸟更教她们如何寻觅食物，如何避免危险，如何歌唱，以及其他各种事体。

当她们长成以后,我们要研究她们为甚有些冬天要离开我们,有些反而冬天来了;但她们却都不能终年和我们相伴,除少数的例外。

一个人,能够到田野中观察并研究她们的动作,将觉得她们非常可爱,而且觉得这样可爱的生物,真是世间少有的。

你们要晓得对于有趣的鸟类,如何观察,如何研究,请你们先读这一本小书。

1927 年 4 月 1 日　编者识

编辑大意

（1）本书根据密勒氏的《鸟类初步》（*Olive Thorne Miller：The First Book of Birds*）编纂而成；原著在美国，系专供 16 岁至 18 岁的中等学生阅读，颇风行一时。兹以东西国情并物产的不同，内容甚多增删，以期适用。

（2）本书以引起读者热心观察鸟类的生活和形态，并鼓励其作深进的研究为目的。全用文学笔墨，叙述科学知识；枯燥材料，概未掺入，务使读者有娓娓不倦、乐而忘返之感。

（3）本书内容：自少年心爱的雏鸟说起，进而阐明鸟类的生活情况形态概要，末以鸟类与人类的关系及研究法作结。对于鸟类的大概情形，约略具备。

（4）关于鸟类的著作，我国异常缺乏，本书为尝试之作，内容甚多未能惬意之处；海内明达，幸祈教之。

目录

第1章 雏鸟 ······ 1

第1节 何以营巢 ······ 2
第2节 鸟类的家 ······ 5
第3节 雏鸟 ······ 9
第4节 哺育 ······ 12
第5节 雏羽 ······ 15
第6节 雏羽的更换 ······ 18
第7节 习飞 ······ 20
第8节 教育 ······ 23
第9节 几个课程 ······ 26

第2章 鸟类的生活 ······ 29

第10节 言语 ······ 30
第11节 食饵 ······ 35
第12节 睡眠 ······ 39
第13节 旅行 ······ 42
第14节 家族和友侣 ······ 46
第15节 友爱和仁慈 ······ 48
第16节 情爱 ······ 50
第17节 智慧 ······ 54

第3章 鸟体构造 ……………………… 57

第18节 体躯 ………………………… 58
第19节 嘴与舌 ……………………… 60
第20节 眼与耳 ……………………… 63
第21节 脚与腿 ……………………… 66
第22节 翼与尾 ……………………… 69
第23节 羽毛 ………………………… 71
第24节 色彩 ………………………… 74

第4章 与人类的关系 ………………… 77

第25节 鸟类为我们工作 …………… 78
第26节 鸟类的保护 ………………… 81
第27节 鸟类研究法 ………………… 84

第1章　雏鸟

第1节　何以营巢

冷寂的寒冬之中，我们温带地方，除喜鹊、乌鸦、鸢、鸫等类以外，很少鸟类看见。待春光微露，就是草木还未曾发青，或是雪还遍布地面的时候，各种鸟类，又逐渐来到。一日一日过去，冰雪消融，阳光和暖，那么，莺鸣喈喈，燕舞翩翩，在红桃绿柳的景物中，异常增人兴趣。到了夏天，她们来得更多，她们很快乐地歌唱着，好像是专门为了我们。

喜鹊

第 1 章 雏鸟

燕尾鸢

　　她们的生活，和我们不同：她们并不需要一所房屋，她们不必屋顶遮盖；烈日的时候，她们藉绿叶荫蔽；淋雨的时候，她们的羽毛，好似雨衣，水滴自会滚落。她们更不需要一间餐室，因为她们可以随便什么地方用膳。她们更不需要一间厨房，因为她们的食物是生的。她们也不需要一间寝室，因为她们在随便什么树枝上，都能熟睡，天地就是她们的寝室。

　　她们不用什么衣料和衣柜，因为她们只有一件衣服，无论洗晒，不必更换，她们也不需要炭火取暖，因为她们觉得寒冷的时候，就鼓着翅膀，飞到温暖的地方。

鸟类的生活

鸟类,她们只有一个时季,需要一个家,就是当她们有孩子的时候,当她们的孩子还未开眼,还未生起羽毛,还不能飞翔的时候;因为她们的孩子盲目,裸露,饥饿,所以需要一个温柔的摇篮。

因此雌雄的成鸟,春天来到我们这里的时候,她们第一件事体,就是寻觅一块适宜的地方,建造一个精美的摇篮,给她们可爱的儿女们享用。她们费去春夏两季的光阴,全为儿女们工作:温暖她们,饲喂她们;长大的时候,还要使她们晓得飞翔,晓得觅食,晓得自卫,以及其他各种的事体。

夏天一过,她们的儿女们,已长大得和她们一样的整齐,一样的聪明,她们于是很快乐地率领着子女们,回到冬季的故乡去,和我们暂时告别了。

第 2 节 鸟类的家

每种亲鸟,都能为她们自己造一个巢,这就算她们的家屋。但她们不能像我们的家屋那样,筑在一个显露敞豁的地方;因为有许多的生物,时常想袭击她们;例如松鼠、田鼠、蛇以及我们养的猫,都很喜欢吃她们的卵和雏鸟。

所以大部分鸟类,都最先须找一个最适于隐藏的地方,有些莺巢,造在高树顶上,躲在密叶里;黄鸟常悬挂她们的摇篮于树枝上,使猫、蛇等动物,都不能接近;歌雀将她们的小巢,包围在地上的草丛中,而禾雀则隐藏于深莽中。

较为安稳的地方觅定后,她们就开始建造。先采集枯枝、草茎、细根等材料;又自葡萄藤或杨树干上剥取纤维细条,并拾取细丝、鸟鬃或其他各物;燕子和鹋,则更用泥土。

建造的时候,亲鸟停在里面,回转其身,四周加筑;故大小适合,居住妥帖。

巢既筑就,必须更配一个里子,使雏鸟居住时,柔软而温暖,因此她们常到养鸡场等处拾取羽毛;或马厩附近拾取马鬃,或牧场中拾取羊毛;或向树上啄取纤维、败叶等,携回填在巢内。

有些鸟巢,系作平面形,产卵其上,好像易于滚去;有些则为深兜形,有些隐在地穴中,没有什么东西可以进内;有些好像一只精致的篮,夹于树枝中;有些作杯形,外面敷着地衣等物。

各种鸟类,都有她们自己的造巢方法,巢的不同和鸟类的不同一样,甚为繁多。

一对成鸟,她们假使一年生产四次,那么她们常为每次的雏鸟造一个巢,旧巢每不再用。唯鹰、枭等,或许有时修缮重用。啄木鸟,有时就产卵于树穴中。

鸟巢筑成后,卵就一个个地产下。鸟类的卵,实在是很美丽的:有些雪样的白,有些鲜红,有些宝蓝;多数还有斑点以及各种不规则的线条纹痕。但她们虽然如此美丽,我们却不可视为玩物,而从其慈母手中夺取,须知卵内就是母鸟可爱的儿女,正如我们的母亲爱我们一样。

鹰

黄腹啄木鸟

鸟类的生活

　　普遍都以为亲鸟并不注意她们的卵，其实不然。曾有人思窃山雀的卵，因山雀巢在树穴中，手难伸入，所以窃卵的人，用镊子在钳取。山雀母鸟见时，即飞近人前狂叫；另有她附近居住的一只，亦来相助。但这人并不理睬她们，反将她们驱开，仍自继续取卵。那可怜的山雀，于是就勇敢地挨入穴中，挡住洞口。这人假使再要取卵，除非把这母鸟杀害；于是他只好惭愧地住手，如是，你们看亲鸟是否不注意于她们的卵的。

善歌雀

· 8 ·

第 3 节　雏鸟

雏鸟，我们自来晓得她们是从卵中出来的，她们与卵一样的美丽，假使我们有一羽的雏鸟在我们手中，你想将感到如何的趣味。

卵的大小，不是一律，雏鸟的大小，亦随之而异。豆那样大的蜂鸟卵，她的雏鸟，好似一个蜜蜂；鸵鸟的卵，巨大得像我们的头，她的雏鸟，也就有鸡那样大。

假如你破碎一个新鲜的卵，你将不能看见什么雏鸟，因为这时候雏还没有形成。后来卵被母鸟抱伏着，受着母鸟的体温，经过多日，卵内的雏鸟就逐渐长大，一直大到充满壳内。

母鸟静伏巢内的时候，雄鸟不是常能帮忙的。唯蓝鹊的雄鸟，能取食物来给她，所以她能长时伏在巢中，永不离去。有些雄鸟也代母鸟抱卵，而让她去觅食。有些则甜言蜜语，骗母鸟同去就食，暂时将卵和巢放置着。

雄鸟另外有一种事业，就是唱歌，这就是我们在春天，常常听见小鸟歌唪的缘故。雄鸟终日伴着雌鸟，无事可做，异常寂寞，所以歌唱起来，消遣自己，并慰藉雌鸟。

卵内的雏鸟，渐渐长大，觉得不舒畅，太气闷起来；她于是用她嘴尖的齿，特名为卵齿的，喙破卵壳，钻了出来。这时候，雌鸟或雄鸟，很留心地拾去卵壳残片，让雏鸟安住在巢中；有时你们是否在地上见过这种残片，你们不知它是从何而来的吗？雏鸟的情形，多不相同：鸭、鹅、鸡、秧鸡以及他种地上生活的鸟类，并鹰、枭等，都有整齐的绵毛，着在身上，而且眼睛也早开了，地上生活的种类，并且会即刻行走。

有一个研究鸟类的人，他曾目击过小凫披上绵毛的情形，他拾起一个卵，卵内的雏凫，将要出来，所以不久卵壳就裂开，在他手里，现出一只雏凫了。雏凫身上，好像披着粗的黑发；但不久粗发蓬松地竖起，就一根一根都变为柔软的绵毛；如是他手中的雏凫，就着好整齐的衣服了。

巢筑于树上的鸟类，如鸽鸟、山雀等，雏鸟的情形，大不相同。她们从卵出来的时候，全身裸露，眼睛闭着，形体亦较小。一只蜂鸟的雏，不过一个蜜蜂大小，鸽鸟的雏，也较她的卵，大得有限。

她们平卧在巢中，差不多长时睡眠的，并且需要热和食饵；所以母鸟仍伏在巢中，使她们温暖；最初几天，由雄鸟去觅食，有些时候，雄鸟给雌鸟饵食，于是雌鸟转喂雏鸟，但也有母鸟自己寻觅食饵，而暂时离开雏鸟少许时候的。

雏鸟长得很快，不久她就生起羽毛，但这时所生的羽毛，色彩总不及成鸟美丽。

黑顶山雀

第4节 哺育

雏鸟出卵不久,她们就感到饥饿。终日,她们的父亲或母亲行近身旁时,她们总满张广阔的嘴,同时迸发出一种求食的声音。

这时候,亲鸟很艰苦地工作着。要使三四羽雏鸟果腹,一对亲鸟,须自早至晚,终日地忙碌着去捕捉蛞蝓、甲虫、蚱蜢及其他小虫等作食物。这些雏鸟,看起来,好像永远没有饱足的时候。每羽雏燕,一天需要700或800只小飞蝇;而一羽鸲鸟的雏,每天所需要的小虫,我们的一握,尚不能容纳。

这时候,黄鸟遍历各处果园,金鹏徘徊枝叶下,啄木鸟敲击树皮,鸥在各处缝隙中啄取虫卵,鸲鸟和麻雀跳跃地上,蓝鸟巡行草间,各自在适宜的地方,寻觅喂饲雏鸟的食饵。她们的工作,异常忙碌,所以她们歌唱的时间,也非常稀少。

饲喂方法,各鸟不同。鸲鸟将全个小虫,投入雏鸟广张的口中,他种鸟类,多数如是。有时给予的虫,太大或太硬,亲鸟常先将它掷软或啄碎,然后饲喂。

但蜂鸟及其他几种鸟类,用另一种方法。她们捉住食物,先自吞下,回到巢中,再吐出来,含在口里,哺给雏鸟。此种给食方法,甚为奇特,亲鸟将长嘴伸入雏鸟喉际,然后放入食物,所以雏鸟吞咽的动作,亦可省去,粗看起来,这种方法,对于雏鸟好像不甚方便,其实雏鸟倒还是欢迎的。鸠的哺食,又适与此相反,常让雏鸟的嘴,伸入母亲的喉际,啄取食饵。

安娜蜂鸟

坚硬的食物，如谷类等，亲鸟常先将它吞入嗉囊中，待其软化至能不伤雏鸟的纤弱的喉咙时，然后哺食。

当亲鸟飞近满巢雏鸟之前时情形非常好看。雏鸟都尽力伸起了头，张大了嘴，有些吱吱吱吱地叫喊着，仿佛她们是在挨饿受饥。

有些亲鸟，每次携去的食饵，足供全巢雏鸟；例如杉雀，她有5羽小雀，所以她每次带5个莓果回巢，逐一分与。有些亲鸟，每次只能带一羽雏鸟的食饵回巢，所以她须往返多次，才能使雏鸟遍受食饵。

据研究鸟类的人说，亲鸟给予雏鸟食饵，是周而复始的；看起来好像真是如此，但确实与否，尚可不必。

有一个小孩，拾着一羽金鹪的雏，是从巢里跌出的。他带回家里，养在廊前的金丝雀笼中。不久他家里的人，听见有一种噪声，发自笼中。他们出来看时，金鹪雏已经跳在栖木上，很惊慌地不敢下来，虽然她的亲鸟，有食物携来，并且在笼外唤她。金丝雀看一回，就飞到笼边，向她的亲鸟衔取食饵，回到栖木上喂她；于是就这样继续饲喂了好几次。翌日，亲鸟又带了一羽雏鸟来，那孩子也把她养在笼里，于是金丝雀代亲鸟将这两只雏鸟都喂着。数天以后，亲鸟又带第3只雏鸟来；这时候，3只雏鸟，已都会飞行，所以笼门一开，她们就一道和亲鸟飞去。

第5节　雏羽

有些生活地上的鸟类，前面已经说过，雏鸟最初是披着绵毛的；她们不需再由亲鸟温暖，差不多出卵以后，就会行走，凫和雁等，她们穿这身绵衣，一周之后，即有正式的羽毛生起。

如寒带所产的鸟类，及鹲鹱等，其雏鸟在水中的时候较多者，身上所有绵毛，厚重而密致，好似紧身的内衣，可以保持温暖和干燥。

如鱼狗等巢在地穴中，或如啄木鸟等巢在树穴中，她们的雏鸟，几乎没有绵毛，因为她们不需要什么衣服，在她们温暖的摇篮中。燕雀及其他多数的鸣禽类，雏鸟仅有少许绵毛，不久之后，正式羽毛，即开始生长。

当细弱的羽干初生时，好像白色的针刺。每根绵毛都从皮肤上突起的好似疹粒那样地方长出，羽毛的生长，也是如此。羽毛长起，绵毛起初还依附在羽毛上，不久遂破碎落去。

幼羽长大，非常迅速，雏鸟在她能飞翔之前，已经全身长足，其最先生长的羽毛是翼，而最迟生长的是尾，所以初离巢的幼鸟，我们常见她的羽毛，是很短的。

鸟类第一次的羽毛，称为雏羽或幼羽，常不和成鸟的羽毛相似。此种羽毛，为时不久，即更换一套较大较厚的，以备越冬。

鸟类羽毛，满被全身，看起来是密接地生着；其实不然，羽毛是一部分一部分着生的，是为羽域。其中有裸露的部分相间着，是

白喉燕雀

为无羽域。这些裸露部分，能不外现，系羽毛互相遮着的缘故。各种鸟类的羽域，不尽相同，以鸵鸟最为特别，全身没有无羽的地方。

雏羽的色彩，我们普通都以为她们是各自像她们的父鸟或母鸟；有许多鸟类，确是这样。但有些鸟类，则雏鸟无论雌雄，都像她们的母鸟；不到一年，雄雏鸟即开始更换羽毛，像她父鸟；有些则二三年后，才肖父鸟。有些雏鸟，她们的衣饰，不似父鸟，也不似母鸟；例如鸲鸟：她们幼小时代，胸前有斑纹，肩上有点纹，是双亲所不具的。

大概成鸟雌雄羽色相类，如歌雀等，雏羽常和亲鸟歧异，成鸟雌雄异色如黄鸟、蓝鸟等，则雏羽常和母鸟相似。

地上生活的鸟类，羽色大多暗涩，否则将感到危险。鸵鸟造巢在显露的沙上，所以她们的色彩是灰褐的。母鸟抱卵的时候，将她的长颈，伏在她面前的沙上；我们望去，每以为沙漠中常见的蚁丘，其不能惹目，至此程度。

南美洲产的鸵鸟，即鹈鹕，柔羽蓬松，好似草堆。雄鸟为较显明的黑白色，所以他终日匿处；只有夜间，才来帮助雌鸟管理巢穴，因为那时候，他们的显著色彩，已经分别不出。

第6节　雏羽的更换

才能飞翔的幼鸟，数周以后，又开始更换羽毛。鸟类的羽毛，是保持温度和干燥的唯一要件。假使各种羽毛一齐落下，她们将全身赤裸，而且不能飞翔，所以她们系用一种巧妙的方法，徐徐交换。例如翼羽，先自中央部分脱落，次第及于内外方；旧羽脱落之处，随即生起新羽，待新羽长成时，其他另一对的羽毛，再脱落新生；如是次第交换，要经多时，方才换全。尾羽的更换情形相同，自中央起，逐渐向外方，一对对地落去新生。

覆被全身的软毛，常无秩序地一根一根地先后更换，所以她们换羽的时候身上有新羽，也有旧羽；以此之故，她们终年不致有一时完全感到无衣饰的痛苦。

鸟类更换她们的新衣服，总在南渡越冬之先；因为那时候，天气渐冷，又须作长途的旅行，是非增加一些羽毛不可的。

她们新换的羽毛，有时不像她们的旧羽，例如鲜黄色的金鹀，八月中就换作暗橄榄色和她们的亲鸟相似，冬天合在一起飞翔的时候，可以不致惹目。翌年春天，雄鸟又转变为黄色。于是，他们一年有两身衣服，春季的鲜黄，冬季的暗橄榄绿色。

有些鸟类，每年虽有两种色彩的衣服，但一色并非由换羽而来。例如有一种鸟类，她的羽毛是黑色而缘灰的，那么冬季是灰色的边缘显露着，所以好像是一只灰色的鸟；到春季灰色的边缘磨损或落去，于是就好像换了一袭黑色的新装；这犹如我们脱去一件灰色的罩衫，而显出一件黑色的袍子。

有些鸟类，雌雄色彩，互相类似，难于辨认；这些大概都是色彩不十分华丽的种类。假使雄鸟有华美的色彩，雌鸟常不和他同样；因为雌鸟须伏在巢内，若是金鹨的雌鸟，也如雄鸟一样地鲜黄，那么她伏在巢里的时候，十分触目，有些动物将去袭击她，累雏鸟也遭意外的危险。

地上生活的鸟类，大都雌雄同样为暗涩的色彩，不易被看见；鹧鸪、麻雀及其他多种鹑鸡类，均系如此。造巢于树穴或地下的鸟类，雌鸟常和雄鸟同样具美丽的色彩，因为她们抱卵的时候，不易为其他动物看见，例如啄木鸟、鱼狗等。

鸟类色彩，还有一个奇异的现象，就是同一种类，常以地域的不同，而异其深浅。大概干燥区域的鸟类，比较湿润区域所产的浅淡。

鸟类的生活

第7节　习飞

　　雏鸟在巢内的时候,不十分美丽,但她们羽毛长齐后,坐在巢边拍动双翼,学习飞翔的情形,甚为可爱;她们的羽毛,虽不美丽,但较为鸟的甚新鲜而浓密。

　　在那时候,她们还不知道怕惧人类;我们若能举动不粗暴,声响不高锐,我们可以非常接近她们;她们将坐在那里,看着我们,一点没有恐怖。

刀领鹑

几天之后，幼鸟将鼓动她的两翼，试想离开居处；但这时候的飞翔，她觉得非常困难，勉强达到另一树枝上时，她须栖在那里，静止多时，以恢复其第一次飞翔的疲劳。她的父母，必定来饲喂她，也算来慰劳她。过一刻，她又再飞，能到更远一些的地方，如是继续数天，她能飞得很好，于是要跟着她的父母，学习如何觅食。

　　有时幼鸟离巢以后，不能达到另一树枝，而跌落在地上；这在幼鸟自己是很危险的；她将遭猫犬或顽童等所伤害。这时候，她的双亲，一定非常悲痛，她们极力设法，诱她再飞起来，抱着深深的忧痛，在近旁守着她。我们假如有时看见这样的小鸟，应当拾她起来，让她停在树枝上；或则站在旁边保护她，待她得到一个安稳的地位时，方才走开。

　　初离巢的幼鸟，飞行尚不高明；这时候，假使我们追逐她，那么她的父母，将异常担心；她们在可能的范围中，总将幼鸟藏匿起来。有些地上生活的鸟类，她们就发出一种特殊的鸣声，于是小鸟都蹲伏在地上，或则爬在枯叶下面，静静地躲着；她们幽暗的色彩颇似泥土，所以隐避时比较安全。

　　这时候，亲鸟的动作，甚为奇异；她装作已受伤害，自空中跌下，好似不能飞翔；假如我们看见时，总以为极易捕取，因此忘记那几羽幼鸟，而只注意亲鸟，她于是在地上扑翼而飞，这样容易引我们去跟着她，直到离开她的幼鸟极远的地方；她晓得她的儿女们已不致受危险，她于是张翼飞去。我们再回去时却已很难寻觅幼鸟所停留的地方了。

　　鸟类受着突然袭来的危险时，母鸟会挟扶幼鸟于足间而飞去，有时她更为故意飞到她所恐惧的敌害前面，使敌害惑乱，她于是得安全地逸去。有时她们也能互相集合，协力驱除敌害。

鸟类的生活

　　密勒氏有一次看见一只试飞的蓝鹊，落在地下，他想去拾起来，放上树枝；但亲鸟不知道他是善意，反以为他将携雏他去，于是飞到他面前狂叫起来，他本不想使她们得到不快意的情感，所以他就走开，但不十分远，想看她们将如何动作。他见幼鸟虽已跳到草上，但许久不能更高地飞起；她的双亲，抱着深忧，在她周围飞翔，后来她又努力上飞，但终不过一二尺高。最后，她像决定要从一枝树干爬上去；她于是在树干上，飞上数寸，继以爪抓住粗糙的树皮，暂行休息；如是半飞半爬，终于达到最低的一枝上。她就栖在那里，静静地休息。亲鸟这时好像非常快乐，一边还携食物来奖励她。

黄翼鹊

第8节 教育

幼鸟也为她们将来的生活而受教育或训练；和我们相比较，不过方法不同罢了。她们不习数学和史学；她们学一点地理，也不过晓得到南方去过冬的一条路程。

我们想起来，她们第一次所学习的，就是飞翔。有人说，亲鸟常逼幼鸟离巢，此说不甚可靠，因为我们常见当亲鸟觅食离巢时，幼鸟每自行飞去。

如黄鸟等幼鸟，常不敢鼓动她的双翼，这时亲鸟每每设法引诱她。有时同巢的雏鸟，都已飞去，而只有一只胆小不敢动作，那么她的父亲，常特别教她，他衔一只美味而大的蛾，飞到幼鸟面前，让她看见，但并不喂她，却飞到另一树上去；幼鸟见食物飞去后，一时也忘了恐怖，就鼓动双翼，向父亲那边去，于是她学会了飞翔。

幼鸟既会飞翔，还须学习如何生活，即何法觅食，何方睡眠，什么是应恐惧的，怎样可以避免敌害。

幼鸟又须了解同类间各种的呼应，又须娴熟合群的生活，又须练习歌唱，此外，当然还有多种功课，系我们所不知的。

你假如能跟随着出巢的幼鸟，你可以目击她们教授最有用最紧要的觅食功课。鸠鸟的母鸟，常携小鸟到地上，于是指示她什么地方有虫类生着，并且如何可以得到它。枭的母鸟，觅着草中潜行的鼠时，她在小枭面前，攫获起来，教她照样地做。燕子常引小燕子到天空中，指示她们捕捉飞行小蝇的方法。

红头啄木鸟

第 1 章 雏鸟

你假如能够看得时间稍稍长久，可见教导一刻，老鸟即飞往他处，让小鸟独自在地上或树上。后来小鸟觉得饥饿，就开始叫喊；但久久无人过来喂她，她将四周寻觅一些东西来吃吃，于是母鸟给她的教训，她开始应用了。

密勒氏曾经看见一只雄啄木鸟，带他的一只小鸟到一座墙上；附近有几株覆盆子结满果实，他给小鸟吃了二三粒，同时教导她晓得这是什么东西，生在什么地方，他随即潜行他去。当时小鸟感到饥饿，虽则叫着，但不见亲鸟飞过来，于是她看着覆盆子，她想试行采取，后来她得着一个果实，她非常得意。她的父亲，经一小时余，重复回来，她已经学会了取食的方法；虽然她见父亲时，还是扑着小翅，乞求食饵，好像只有半饱的样子。

有一个妇人，她在窗槛上饲喂野鸟，已经多年；她说她时常看见老鸟教导小鸟应至何处觅食，并且如何食法。

她又看见教导对于人类的恐怖，她们常叫小鸟不要十分行近我们，有一次，她又看见一只老鸟，教导小鸟如何去采集树枝，建造窠巢，小鸟看了一下，自己试行工作，但觉非常艰难，连一根小枝，也不能啄取。

她又见过一只鸲鸟的教导音乐，老鸟先唱几个节拍，于是停住，待小鸟照样复唱；但她唱的有一种软弱幼稚的音调，不能十分像母鸟那样流利。

第9节　几个课程

亲鸟教导幼鸟飞翔，常使她们合在一起学习学习；你们时常可以看见树际篱边，有小鸟静坐着，亲鸟则环绕而飞，并发一种高亢的叫声；不久，各羽小鸟，开始加入飞行；周而复始，在空中盘旋，直到她们的小翅膀觉得疲倦的时候，又停下来栖止着。

有一次，密勒氏看见一只小鸟，亲鸟叫她飞的时候，她没有去；其他各羽，围飞多时，母鸟眼光稍锐，看见了她，于是飞回来，将她从栖木上撞落，第二次呼唤的时候，她就一起飞行了。这里所说的，是一只乌鸦。

有一只鸲鸟，想教导小鸟沐浴，携她到一只水盆边；小鸟站在沿上，看着母鸟下入水中，拨水洒洗；她于是也很热心地扑着翅膀，试想洗沐；但终不敢到水里去。后来母鸟飞去，让她独自在那边，不久，即携回一个虫来，衔在嘴里，小鸟已经很觉饥饿，这是小鸟常有的现象，她当时看见小虫，就扑动翅膀，叫着想吃，但母鸟并不喂她，随即跳入盆中央；小鸟受虫的引诱，忘记了水的可怕，随即跳下，在她母亲旁边立着，母鸟喂她后，又泼水在她身上，她于是很快乐地洗沐着。

照这个以及前一节所述的几个例看起来，鸟类的教育，都是诱导，而不是强迫的。

英人摩耳根氏，将他几羽小鸭小鸡，和她们的父母隔离，摩教这些雏鸟如何取食、游泳。数天以后，再将母鸡放入，母鸡极力用咯咯之声呼唤雏鸡，她们好像没有听见，并不理睬，因为她们没有受过母鸡的教育，所以她们不懂母鸡的招呼。

小心观察，你可以看见鸟类教育的情形，除外还有多种极有兴趣的。但观察的时候，须要静默；一点也不可惊动她们，否则你将一无所获。

草原松鸡

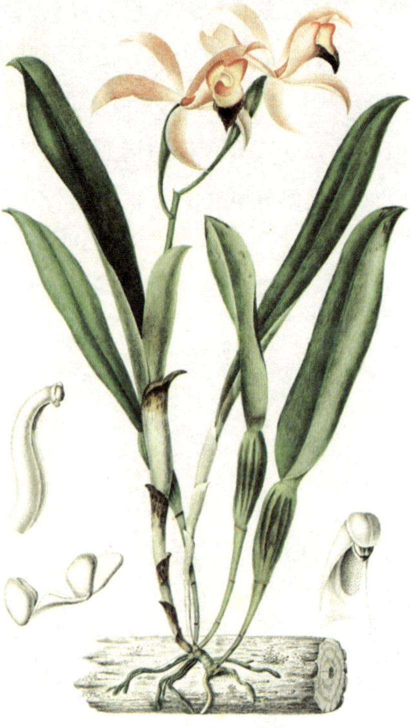

第2章　鸟类的生活

第10节　言语

幼鸟成长以后，她们需要晓得多种关于她们自己的有趣的事体，其中的一件，就是语言。这是很明显的，据几个研究鸟类的人说，她们能互相告诉，她们也仿佛有一种语言，和我们人类一样。

你假如注意笼中的饲鸟，二三羽或更多的同居一笼时常聚在一隅，发着叽叽吱吱咕咕哝哝的声音，和她们平常的歌啭，不甚相同。若单独一只的时候，除歌啭以外，没有其他声音。

你再去观察户外自然生活的鸟类，假如突然有一种变故发生时，她们常发出一种表示惊奇的锐声；例如她们看见一只猫，就又发出另外的声音，表示要通知同伴都知道；假如在平安的时候，或则伉俪聚在一起的时候，那么，她们必定很快乐地发着低幽的甜蜜的呢呢喃喃的声音。

一只竹鸡母或是一只雉鸡母，她们遇见危险发生时，总发出一种特殊的呼声；她们的子女，闻声即刻跑去隐避；危险过去，她们又发另一种呼声，于是雏鸡就重复出来。

当然，鸟类并不用我们的言语，不过她们的鸣声，我们以相似的声音比拟起来，时常可以得到我们所说有意义的辞句。例如美洲的一种鹌鹑，美国人称为 Bob White，就因她的鸣声是这样的缘故。或则有些鸟的鸣声，宛似说 More wet（更湿）；那么也可以当她在说 All right（多是）或是 Too hot（太热）。

我们也常以鹧鸪的鸣声，如"行不得也哥哥"；杜鹃的鸣声，如"不如归去"；郭公的鸣声，如"割麦插禾"。我们江浙一带，又常以鹁鸪的鸣声，占天气晴雨，将其声短促，好似说"水鹁鸪鸪，水鹁鸪鸪"将晴，其声悠长，好似说"晒晒我窠——晒晒我窠——"。燕子是住在我们屋里而无害于我们的，所以听她好像常常在说：

　　借你屋来住——
　　不吃你的米，
　　不烧你的柴，
　　借你屋来住——

鹁　鸪

家燕

你们假如有机会，可以常常去考察鸟类的谈话；如燕子、麻雀等人类较驯的野鸟，最为便利。

在鸟类的动作中，最悦人的是其歌啭；各种鸟类，差不多没有两种的歌啭是同样的。我们从歌声中，通常可以辨认这是什么鸟，一只百灵的歌声，总不会像燕子或黄莺；而且同一种类间，各个体的声音，亦不尽相似；各种歌声，耳熟以后，亦即刻可以辨认怎样一种声音，是怎样一只鸟所唱的。所以，假如有一只百灵在歌啭的时候，我们果然一听就知道这是百灵的歌声，再静听一下，更能辨知是哪一个体所发的。饲养笼鸟的人，对于这一方面，最为熟悉。

还有每只鸟的歌声，颇多变化，一种歌雀的啭声，有 5 种或 6 种不同的音调；草鹨，她在顷刻之间也有 6 种反易。

除自然的本能的歌声以外，鸟类常能模拟他种鸣声；不但鸟类的鸣声，就是狂风骤雨，水流虫鸣，猫叫狗吠，闭户行车，多能模仿。这在我们普通的饲鸟中，如八哥、画眉、绣眼都是。而八哥和鹦鹉，修短其舌，还可以教以人言，训练纯熟的鸟，可以完全除尽她原有的音调，而宛似人声。

曾有一只英雀，在城市中被人捉住，受伤而不能飞翔；于是养她在金丝雀笼中。野生鸟拘囚笼中，自然觉得寂寞，于是她开始学习金丝雀的歌唱，聊自慰藉。数周以后，她学会全部的歌词，而且她的啭声，较金丝雀尤为美妙，因为她的音调，流畅活泼，而金丝雀则殊为枯窘。

普通的人，多以为鸟类常在夏季歌唱，其实不尽然。她们是开始于初春，当筑巢以至雌鸟孵卵的时候，雄鸟工作极少，所以他时时歌唱；因为除此以外，他再也没有娱乐的工作，去慰藉自己，以及他的伉俪。

鸟类的生活

待雏鸟出卵，亲鸟就会辛忙，于是再没有空闲工夫来从事音乐，所以有些鸟类，在她们的哺育期中，是完全停止歌唱的。

但也有不尽然者，许多鸟类，一直歌唱到她们更换衣服，即换羽的时候。这时在 8 月或 9 月中，到那时候，鸟类真的除鸣叫或说话以外，没有别的声音，即不会歌唱了。

赤颈百灵

第11节　食饵

鸟类吃的是什么东西，她们在什么地方得到这些东西，我们知道后，极为有用。到近代，我们已经明白她们的取食，对于人类极有好处；她们的食饵，大都是我们不能吃的东西，这些东西，而且都是我们的敌害。

她们的食物，有些是小型哺乳动物，如田鼠、松鼠等侵损农作物的动物，有些是昆虫，如螟虫、天牛、象虫、蚊、蝇及其他无数蛀蚀果实树干、蚕啮叶片、蔬菜的害虫，有些鸟类，则吃野草子实，使它们不致遍地蔓延。

鸟类食量巨大，所以助于人者更多。我们人类假如七八岁一个儿童，他断不能一天吃完和人等大的一只绵羊或其他食物；但一只雏鸟，她每天极易吞下较她自己体重还要多的食饵。

她们每天不只三餐，她们常常需要食物；普通的小鸟，假如早晨捉了30只蚱蜢当早餐以后，不久她就又感到饥饿，于是再要30只或更多的食饵。于是，每天被她们所消灭的害虫，为数甚大。

鸟类在我们人类起身之前，早已在寻觅食饵，直到夜间，方行停止；这夜间停止的时候，总大概要到她们敏锐的目光，不能再见什么东西的时候。

你不要以为鸟类过分饕餮了，须和我们一样每天少食一些，才合于礼，要知道她们取食，就是在捣灭小型哺乳动物、昆虫以及野草种子，这是唯一的，有利于我们的事业，如能更多吃一些，对于我们，当更为有益。

现在让我们看她们到何处寻觅食物。有些鸟类，如白头翁、十姊妹等，常在果园中吃那些蛀坏果实或摧残果树的昆虫。当果实成熟的时候，应当不要忘记了这驱除昆虫的恩人，她们应得受一份的酬报，你假如每日每周去驱除害虫，你不是想你应得享受果实的酬报吗？

啄木鸟遍历各处树干和树枝，她重啄树皮，继之以静听；假如听见皮内有蛴螬的声音，她就在树干上挖一个洞啄取害虫。有些树干虽然被她挖着许多洞，但亦无害于树的生机，她除灭了害虫，反而使树能发育旺盛。

大白苍鹭

第 2 章 鸟类的生活

　　黄鸟跳跃果树中，啄取叶底的昆虫。燕子飞翔空中，张口吞食蚊虫、苍蝇等扰害我们的虫类。

　　有些大型鸟类，终日在为我们工作：有时你看见一只鹰，停在树顶的枝上，你想她在做什么？她是在注意地上有否田鼠、野兔以及其他动物，可以作她甘美的食饵。她假如看见一只小兽，在草际活动，她就直飞而下，攫之以去。她对于农夫，极有利益；因为她所捕取的动物，都是有害于农作物的。

　　天暗之后，鹰类停止工作，安睡去了；鸱鸺自终日伏处洞穴的半睡状态中醒来，继续搜索这些兽类。她有特殊的视力，即在黑暗中亦能明视，她食物的习惯也较特异；她常将食物囫囵吞咽，稍停一刻，不能消化的皮毛和骨骼，就成块而吐出。

　　有少数的鹰和鸱鸺，她们有攫取雏鸡的习性，因此许多的人，为保护雏鸡起见，对于鹰和鸱鸺，常加射击。其实她们除灭害兽的益处，远胜于攫取雏鸡的害处；我们应当取其大而舍其小，对于她们，应当加以保护。

　　长脚的苍鹭，曾在海滨沙滩上徜徉，经过各处，用她修长尖锐的嘴，啄取食物，于是仰首而咽下。还有鹬类，常往来河湖水滨。苍鹭大概食鱼和蛙，鹬则食由波浪激在沙际的贝类等水产小动物，这些东西，若不除去，与人有大害，或许要因之而引起病疫。

　　食植物种子的鸟类，虽在白雪盖地的时候，她们还能得到食饵；因为植物虽然枯槁，但即如小草之类，亦常将它们的果实，挂在高处，不被雪所掩埋。

鸟类的生活

　　有些鸟类，常于落叶之际，采集食物，贮藏起来，备冬季食用。蓝鸟收集栎子，藏于树穴或其他安全的地方。啄木鸟也贮藏栎实于树干中；她们将树干啄空，使有节如竹，先啄去上节，满贮种实；食时，即啄开下节，逐一取食。

　　有些啄木鸟，更常于隙裂中拘囚蚱蜢；不知她们用什么方法将蚱蜢嵌在隙缝中，极为紧密，不致逃走。她们因为不喜欢吃死的东西，所以仍让它们生活着。到食物缺乏的时候，就往这些特殊的粮栈中，取出那些可怜的囚犯，一一果腹。

翻石鹬

第12节　睡眠

你有没有见过一只金丝雀或其他小鸟，就睡的情形。她们全体缩集，好像一个球，她们的头，蜷伏在肩膀上的羽毛中；她们可以将尖嘴伸到翼端的位置，但她们决不将头放在翼下。

要知鸟类睡在何处，甚为困难。因为她们就睡的时候，天已昏暗；而她们的起身，又较我们甚早。她们睡着的时候，极容易被我们捉住；不过这样捕捉她们，似乎太嫌残忍；所以虽然有些猎人，专用"拍夜鸟"的方法，在夜间捕捉；但人们都认为这是一种不仁慈的举动。有些研究鸟类的人，要知道她们睡眠的情形，也在夜里去观察，但他们只有观察，并不捕捉。

她们的巢，不常作眠床用；除母鸟在孵卵育雏的时候以外。

鸲鸟、黄鸟及其他各种小鸟，窜入常绿树的密丛中，止于近干的枝上。有些则在密藤或刺丛中。她们在这样的隐藏处所，劫掠的野兽，就难以加害于她们。树雀喜欢睡在地穴中，这些地穴，是野鼠等所造成的。

天气寒冷的时候，有些鸟类睡在雪下，这当然不是十分温暖，不能像我们睡在屋里，而且有棉被盖着那样舒适；不过她们较之在树上，仅有冻叶遮着寒风，是暖和得多了，落雪的时候，她们真是像我们得到棉被一样地快乐。地上生活的竹鸡，遇着雪堆，她就钻入里面，很安静地伏着；迨雪愈下愈多，将她完全盖住，就是寒风

· 40 ·

屏绝,而空气仍十分流通,她们觉得异常安适。有些鸟类,钻入有雪遮着的丛莽堆中,堆下有小小的空地,好似露宿的帐篷。

水鸟以水上为最安全的睡眠地,终夜浮游,宛似只小船,有些将一只脚挂着,微微摇动,保持她在湖心的地位。

鹌鹑全家族在地上睡成一个圆圈,她们的头,都向着外边;因此她们易于察觉各方面袭来的仇敌。

鹰类据说睡眠时是立着的,不似金丝雀那样坐在脚上。有些凫和雁,她们只用一只脚立着。啄木鸟和烟囱雨燕,用爪抓住树干或其他物上,并以尾支住其体。

乌鸦日间散居各方,寻觅食物;夜间则聚合一处而睡眠。某一定区域内的乌鸦,常成千成万地集到一个森林或其他地方过夜。这些地方,我们称它为"乌坍地"。冬天的麻雀,也有这种习惯。

奥雕逢氏说,他有一次见一枝空心树干中,睡着多数烟囱雨燕,她们早起时所发的噪声,直等于石磨大轮的转动,他想察看她们睡眠的情形,所以日间他在树根间砍去一块树皮,而仍行掩上;雨燕夜间归来,并不知有甚变异;他于是渐渐放光入内,使鸟不致受惊,他得静静观察,见树内密密地拥挤着无数雨燕,差不多有 12000 余只,同在这一个寝室中。

黑秃鹰

第13节　旅行

大多数鸟类，每年有两次长途旅行；一次是到南方去，一次是翌年春季，回归北方；这种旅行，我们特称它为移徙。

通常想起来，大概因为天气寒冷，所以鸟类要移向温暖之处；但并不然，她们有极佳的衣服，尽够御寒；你不见冬天我们寒冷的地方，也还有弱小的鸟类住居吗？最大的原因，乃是食物，她们很辽远的南北往来，是在追逐食物。

我国幅员广阔，北及寒带，南邻热带，寒暑情形，大相径庭，是以鸟类移徙现象，亦所在不同。长江流域，适在中部，地当温带，鸟类南迁北徙，都经其地，用这里为标准，而叙述鸟类的移徙，似较便利。

我们生长在长江附近的人，春天对于自然界最感兴趣的事当推三件：一是花，二是蝶，三是鸟。花的烂漫，蝶的翩跹，鸟的婉啭，谁不喜悦呢。鸟类中尤以黄莺和燕子，为最惹我们注意。她们在这时候，从南方迁来；燕子早一些，3月中已经可以看见。黄莺不及燕子那样驯人，她大概躲在树林里，身体较鸠小一些，羽色金黄，歌唱得非常美妙；4月里我们就到处可以听见她的声音。

同时杜鹃、佛法僧、三光鸟等各种美丽的鸟类，也一齐来到我们这里，产卵育雏，过她们快乐的生活。不过，这些鸟类，较难目击，是以我们更少注意。

蓝翅黄莺

待落叶惊秋的季节，黄莺和杜鹃等，早已南去，燕子也逐渐和我们告辞。于是在清晨傍晚，或是月明之夜中，有雍雍的鸣声，自北南来，行经天空；我们常向她们叫着：

> 雁鹅接长来，
> 排个人人字；
> 雁鹅团饭团，
> 到我衣兜里。

这是雁和凫等向南旅行的季节了。当燕子和黄莺在我们这里的时候，她们是在北方，生育子女；秋天燕子等回到南方去时，她们所居住的北方，已为冰雪所遮盖着，所以她们就率领子女，到我们这里来。

鸟类出发旅行的时候，不是单独进行的，常合于大群。大概某一定区域中的同种鸟类，总集合于一起，而一同出发。秋季常见电杆木上，有无数的燕子停着，这就是她们在为出发旅行的预备；她们大概在讨论如何出发，或是老鸟在教导小鸟于路途中应知的一切事件。

她们飞行的时候，常取夜间，尤以月明风静之夜为最多，因此，欧洲人古时候，以为雁是从月亮里下来的。密云浓雾，易于迷失路途，狂风暴雨，更多意外危险，是以遇着这种情形，鸟类都暂停飞行。日间因为要寻找食物，所以也不旅行。

旅行时的飞翔，常远在高空，我们每不能见其形，且亦不能闻其声。设遇高空狂风或雷电，则改取低空，能接触我们耳目。

她们旅行的路途，非常辽远。燕子从西伯利亚一直南飞到澳洲。

来到我们这里的雁和凫,她们的故乡,远在北极附近。美洲有一种千鸟,在北极附近繁殖,要通过北美和南美,到南方去越冬。

鸟类如是作长途旅行,在我们尚没有汽船、火车的时候,何能及其万一。她们的飞行,异常迅速,一夜之中,假如有一只生长在俄国的鸟,可以达到欧洲西海岸,同样在欧洲的鸟,可以达到非洲。据几种调查所得,燕子1小时可以飞180里,凫可飞90里。

第14节　家族和友侣

普通的人，都以为鸟类自雏鸟长成后，家族即行离散，而各自过着单独的生活，又说有些亲鸟，常驱逐子女使之他去，这是不甚可靠的传说。你若能细致观察，就会证明其谬误。

有多种的原因，子女成长离巢以后，全家族的关系，仍旧维系着。用锐利的眼光去观察，可见其父母子女，常合为小群而不分居。每年产生2次雏鸟以上的鸟类，初产几次的子女，常先独自过着小家庭生活，待所产子女全体长成后，全家族就又集合在一起。

有些鸟类，各自造巢生活，每对占据一树或一区；幼鸟长成时，她们就合居一大区域，如社会生活。有些则仅为夜间聚居一处，即如第12节中所说的乌鸦那种情形。

最易见的群栖于一个窠巢中的鸟类，如一种小鸟十姊妹，她们在我们庭园中的橘树间，用枯草造一个壶形的大巢，侧面近顶部处，开一个适容其身出入的小孔，天天相伴，数羽或十数羽一同居住着。

不是同一家族的鸟类，她们也很喜欢聚居一处；筑巢在我们屋里的燕子，就是这样的。她们常于一个屋里筑起四五个以至十数个的巢，在少人干扰的庙宇中，此种现象最为显著。

海洋鸟类，在繁殖期中所形成的大群，尤为可观。她们在这时候，集于无人的荒岛上，如海鸥那样掘地穴居，那么，你若跑到岛上，将步履艰难，时虞倾跌之感。她们群集着，感情非常融洽，假如有

普通燕鸥

一二不幸的母鸟偶然死亡,她们所遗下的孤子,其他亲鸟,必代行孵育,和她的母鸟在日一样,直到长成能够自立。

布利姆氏说:有一种凫类,每年养育两次子女,第一次的雏凫,长成到能够自立时,她们自己合为一群,游泳觅食,让亲凫再去照顾第二次的子女。待幼雏又长成时,她们就全体合在一起,第一次的年长的兄姊必环绕其弱小的弟妹,以尽保护之职。

第15节　友爱和仁慈

遇到困难的时候，鸟类常能互相扶助。假如有一只鹇鸟，偶遭不幸，别只鹇鸟，就会飞来救她，除非她们能力不能企及。他种小鸟，有时也能过来相助，虽然她们不是和鹇鸟同类的。

有时一个人，想去劫夺小鸟的巢，附近所有鸟类，会群集起来，向人哀鸣惊呼，或则飞到人前，试啄人的双目。鸟类是太弱小，不足以击袭人类，但她们假如能专向我们的面部攻击，也可以使我们受伤。在此，我们不能责怪鸟类，她们为保护自己的子女而抵抗，是一种正当防卫的手段，我们应当用怜惜的态度待她们，并且保护她们。

我们假如装着雏鸟受伤的鸣叫，那么附近的鸟类，必定会群集过来，她们要看一看是怎么回事，有什么方法可以救护。

曾有几羽雏燕，方能飞行，集在屋上，一个妇人注意她们，其中有一只，似乎幼弱不能起立；亲鸟带食物来时，别只都能起立就食，只有这最小的所得最少。假使鸟类相互间没有情义，那么其中强健的小鸟，将不会注意到这羽弱小的可怜者，挨受饥饿。妇人看见有两羽强健的小燕子，站到这羽弱小者两旁，将她的身躯抬起，于是她有机会，可以平均得到食饵。

鸟类中有盲目、年老、翼足折损或别部受伤的，自己不能顾全生活，她的同伴，就能给她水，给她食饵，给她沐浴，而且引导她，并保护她。

  羁留在巢中抱卵的母鸟,她须数日数周地停留,很少空闲自己觅食,雄鸟就常为她工作。尤其是犀鸟,汤姆逊氏说:"雌的生卵空树中,雄的用树脂封起门户,只留一小隙。每日他取食物从小隙里去饲她;她肥起来,他却瘦下去。卵是孵化了,但雄的呢?派克拉夫脱在他的精美的《鸟的历史》,告诉我们说:直瘦到只剩一副骨骼,衰弱到温度骤降,例如雨后忽凉,他疲极倒地而死了。"

第16节　情爱

当然母鸟和父鸟，是很爱她们的子女的。亲鸟的爱护小鸟，甚为热烈，她们为着小鸟，虽死亦不自惜，假如我们要捕捉小鸟，她们情愿飞到你的手上，为你捉住；你若是捉去她们的小鸟，比杀害她们自己还要悲伤。曾有人捉住一只小鸟，其父鸟追随于后，至数里之远；哀鸣苦求，其状殊为凄恻，于是那个人，心觉不忍，复纵之去。

美洲的烟囱雨燕，筑巢于废置的烟囱中。有时烟囱复用而生火，母鸟必极力设法，救出雏燕。否则，她情愿坠入烟囱中和她们同归于尽。有些地上生活的鸟类，遇冰雹的时候，母鸟情愿死在巢中，以保护雏鸟。

鸟类的雌雄之间，爱情也很笃厚。有一个人，击死一只海鸟，雄鸟就到那人面前哀鸣，表示他的哀痛，犹如能说话一样。元好问少年时候，应考经过并州地方，遇到一个猎人，据说：他在汾水边，杀死了一只雁，还有一只，幸而脱网逃出，但她悲鸣不愿飞去，终于自己堕地而死。元好问听得感动，他就买了这两只死雁，合葬在一起，立一块碑叫雁丘，并做了一首词来纪念她们。这雁丘，在山西阳曲县，现在恐怕还留存着呢。

问世间、情是何物，直教生死相许？天南地北双飞客，老翅几回寒暑。欢乐趣,离别苦,就中更有痴儿女。君应有语,渺万里层云,千山暮雪,只影向谁去?

横汾路,寂寞当年箫鼓,荒烟依旧平楚。招魂楚些何嗟及,山鬼暗啼风雨。天也妒,未信与,莺儿燕子俱黄土。千秋万古,为留待骚人,狂歌痛饮,来访雁丘处。

采集材料,以证明鸟类的爱其伉俪,爱其子女,其例甚为繁多,今不再絮陈。鸟类不但爱她们的家族,并且爱其他鸟类,别种动物以及我们人类。

密勒氏说:他一次见一只英国金鹨,形体较金丝雀还要小,她爱一只同居的较她大的朱莺,她表示她的爱情,对于她的友侣,好似人类所表示的;接近她,对她歌唱,并且赶开别只鸟类。

有一妇人,曾有一次讲起鸽子爱猫的故事。那只猫,常常喜欢睡在广阔的窗槛上,鸽子见她的时候,就飞下来,立在她旁边,十分接近地摩她的软毛,似乎很是悦意,那只猫也像她一样快乐。

驯养的鸟,常爱她的主人。曾有人养一只乌鸦,这乌鸦是从雏鸟养大,从未关入笼中,让她自由飞翔,随意栖止。一天,她出去遇着骤雨,羽毛着湿,不能飞翔,遂为一童子所得,携至距离7里外的一个地方,将她的一翼羽毛剪去,而且一个冬天都拘留在屋里。翌年春季,她得到一个机会,重复回到旧主人那里,但已不能飞翔,所以只好行走,走过7里路,遇着泥泞水湿,到家里的时候,甚为疲倦,好像要死了那样。当时主人极为快乐,拾起她来,和她说话,这可怜可爱的乌鸦,愈觉依依亲人。虽然濒于死亡,由主人细心的爱护,终于恢复了健康,又活多年。自此以后,她永不离开住所,虽然新羽生起,照旧能够飞翔。

带尾鸽

木鹪鹩

有一个牧师,他讲过一个关于鸟类的故事。他说一个春天,有一只鹪鹩,择定了一个美好的巢箱,于是想去偕一伴侣来,占据此箱。当她未曾回来之先,有一对英雀,也想占有它,英雀常为自己所祈求的东西而争斗,所以她们就开始和鹪鹩争斗。但鹪鹩也不是肯退让的,她占据这个巢箱,和敌对峙两周;但她终于未曾找到伴侣,于是她孤寂伤心起来,就让英雀和她同居着。到雏雀孵出的时候,鹪鹩变得很有友谊,她猎取小虫,和她为自己小鹪鹩预备的一样,携去供给雏雀。雏鸟是从不知拒绝他人食物的,她们接受鹪鹩的食物,好像也非常合意,经过春天,英雀产了三四次子,鹪鹩始终帮助她们工作,不但代为喂雏,而且代行修补巢箱。

第17节　智慧

鸟类也有智慧，和我们一样。她们能够解决困难的问题，鸭鸟当天气晴燥，附近又无水流，不能找到污泥造巢的时候，她常到人们预备为她洗沐的满盛清水的盆中，跳下多时，将脚浸得很湿，然后飞到路上，践踏泥土；少顷，她的脚上蒙了一层污泥，她于是用嘴细细收集起来，回去造巢。

鸟类修补破巢的动作，甚为巧妙。有时她们能做一个支柱，承托旧巢。有一只麻雀，旧巢破碎，在上面架起多根木柱，形成屋脊状，好似一个天幕。

鸟类能寻觅新的安全的地方，也是她们的智慧。有一对燕子，生活在远距人迹的地方，她们当然是筑巢于岩窟或树穴中，后来发现了一所新建的房屋，系用作锻铁场的，燕子即刻知道，这是一个较为安全的地方。虽然有荧荧的火生着，有喧扰的工作声噪着，她们终于筑巢，适对铁砧，很闲雅地哺育小鸟。

啄木鸟她们能用较挖掘树皮更简易的方法，采取食饵。例如金翅䴕，她们知道蚂蚁以及他种昆虫，也是美肴，所以她们现在差不多不再挖掘树皮。红冠䴕她们学习捕取苍蝇，和普通的鹟一样。

啄木鸟反晓得在我们建筑物板壁上，啄一个洞，作为巢穴，远较她们在树干中挖起深穴，确是省力得多。

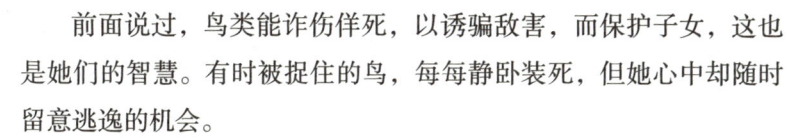

前面说过,鸟类能诈伤佯死,以诱骗敌害,而保护子女,这也是她们的智慧。有时被捉住的鸟,每每静卧装死,但她心中却随时留意逃逸的机会。

常有人见海滨的鸟,常推转石块,捡食隐藏的生物。一次,她们看见一尾大鱼,死在岸上,而一半则埋没沙中。在这尾鱼的下面,她们确定当有食物可得,所以她们想转动它。这尾鱼有 3 尺半长,而那些鸟,不过是两只普通的鹬。最先她们用嘴和胸去推,不能移动;于是跑到另一边,扒去许多鱼底的泥沙,回来再推,仍不能移动,乃重复扒泥,重复推掀,如是继续约半小时,终未见效。

这时候,隐着观察的人,见另有一鸟过来,于是正在工作的两鸟,很快乐地呼叫起来,随即三鸟合力,她们在下面挖去更多的泥,于是倾全力从正面推去,举起到没有几寸高时,又翻了下来。最后在她们休息数分钟后,将胸伏在沙上,再立起身来,这尾鱼于是被扛起了几寸;如是她们用嘴支持着,又用胸猛力推去,鱼遂翻转在她们挖成的窝陷中。她们终于得到劳力的酬报,她们继续不断地努力,并非虚掷了。

你们假如能够很细心地观察鸟类的行动,那么,你们可以发现其他许多智慧的工作。

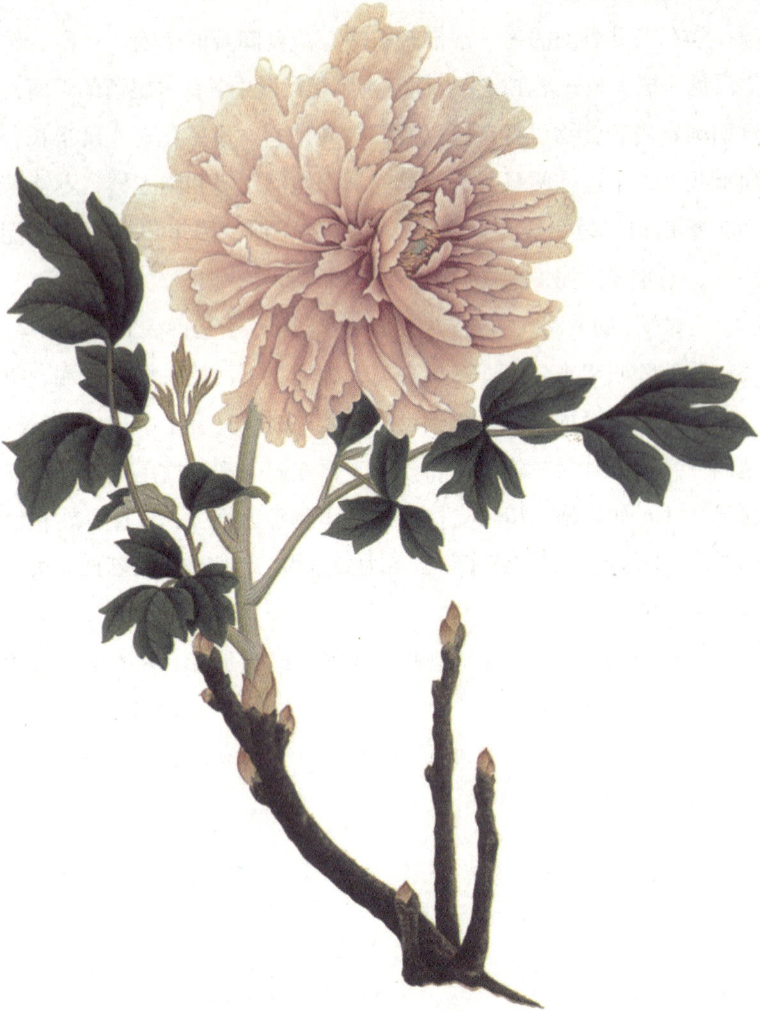

第3章 鸟体构造

鸟类的生活

第18节 体躯

你知道鸟类是如何构造以适合她们的生活吗？你可以细致去观察她们。

她们为便于飞翔时在空中运动，所以她们的形态和我们所造的在水中运动的船同样，前方尖形，可以冲破空气的阻力。飞翔时两脚总是缩起，或者伸在尾下。所有羽毛，都向后方。如此构造，她们能够迅速地经过空中，就是一根的羽毛，也不会阻碍她们。又飞翔的时候，身体重心在翼膀之下，所以非常稳定。

假使我们试想同鸟类一样，迅速地经过空气中，那么，我们必定要感到呼吸困难，但她们却有适应的构造，你假如能够研究她们的解剖，你可以发现她们实在是一种奇怪的生物。

她们在做很艰难的向上飞翔的工作时，还能自由歌唱，假如你在跑步的时候歌唱，你就可晓得这是一件极困难的事。

鸟类的头和项颈相连接处，只有一个铰链，其他动物，例如一只狗或是一只猫，常有两个或更多的枢纽。是以鸟类的头，屈伸自如，能够看到她们自己的背脊，别种动物都不能如此。由是，她们又能用嘴去整饰自己的羽毛；睡眠的时候，把头藏在肩背上。

鸟类的骨骼，空腔较多，体内还有空气囊，充满着空气，使体躯轻飘。以是，她们落水时不致下沉，却如软木一样浮起。

在沼泽湿地或河岸海滨寻觅食物的鸟类，她们有长长的脚，以

赤颈䴙䴘

便涉水；还有长的项颈和长的嘴，所以她们不必蹲下，仍能从地上拾起食饵；有时还可向浅水里捞取。水中游泳的鸟类，她们趾间有蹼；两脚转动起来，好比划桨，能使她们的身体前进。

鸟类有一个很长的食道；有些食道下面，别有一处称为嗉囊，食物入胃消化之前，先停贮于此。有时嗉囊中变软的食物，可以哺育雏鸟。

鸟类没有牙齿，但是她们也能食坚硬的食物，如栎子谷粒等种实；破碎食物以便胃的消化，是砂囊的作用；这砂囊犹如一座小磨，能够研碎食物。

最奇妙的一件事，就是鸟类能在高处生活，并且能够飞翔，我们人类不能在海拔 22000 或 23000 尺以上激烈运动，因为那里空气已太稀薄，有碍呼吸。人类所到的最高处所，只有 30000 尺，在这时候，人类已完全不能运动，但鸟类则能飞到更高的地方。

有许多鸟类，她们又能潜水，如䴙䴘，她可以在水中伏处多时；如鸬鹚，她假如要捕捉水面的小鱼，她就自沉体躯于水中，只剩嘴尖在水面上，静止不动，让小鱼游到她的嘴旁。水鸟被猎击的时候，她们常用这个方法，自救生命。

鸟类的生活

第19节 嘴与舌

鸟类她们能拾取食物，能整理羽毛，能建筑窠巢，能哺育并看护雏鸟，有时更能和别的鸟争斗；凡此种种动作，她们并没有手，你想她们如何能做？

嘴是她们唯一的手的代替物。鸟类使用她们的嘴，能作种种事体。黄鸟的嘴，好如一根缝针，她用树皮条织成袋形的巢，挂在榆树上。啄木鸟的嘴，好如钻子或凿子，她用以在树干上啄起深深的洞。鸥的嘴，好如铁锤，她用以重击坚果，使现裂缝，以便啄食。

有些鸟类，利用她们的嘴，挖掘泥土，例如燕子，她常在河滨或湿地拾泥以筑巢。全体鸟类，都用嘴以觅食，并当作刷子或梳子，整理羽毛。

鸟类的嘴，须常常使用，因为嘴能随时生长，和我们的指甲一样。假使不随时磨损，那么，长得太长，反而不便；是以饲养的笼鸟，她们的嘴，因少有机会磨损，每嫌过长，而难于啄食。

山鹬的长嘴，有敏锐的感觉，她能发现深藏在污泥中的昆虫。其他许多涉水鸟及游泳鸟，嘴长和羽毛同样柔软。

观察嘴的形状，可以推知鸟类生活的情态，强壮钩曲的鹰嘴，表示她是捕捉生活动物为食饵的。细长狭侧尖锐的苍鹭嘴，表示她是在水底捞取食饵的。尖突的莺嘴，她可以用以在叶底花中，啄取细小的昆虫。厚重的雀嘴，她可以啄碎种实的硬壳。奇异的交喙鸟嘴，

第 3 章 鸟体构造

三色苍鹭

便于剔出松球里的种子。广阔的鸭嘴，边缘生锯齿，便于滤出水液，留住食物。还有匙形的嘴，可以勺起食饵，薄而扁平的嘴，可以探入细隙。

嘴的茎部，相当于我们上下颚的部分，也称为颚。它们上下都能活动，我们人类，却只有下颚会动。

鸟类的舌，和她们的嘴同样奇异。各种鸟类，都是用舌以代指，犹如她们的用嘴以代手。舌形各不相同，也和嘴一样。

昆虫的卵极为微细，而且常常藏匿在隙缝或僻角中；有些鸟类，舌尖上生有刷子，扫取虫卵，甚为便利。䴕用她尖端有4条细叉的舌头，可以啄取树皮间的细虫。蜂鸟用她管形的舌，可以吸取花蜜，或钳出花中生活的微小的蜘蛛。啄木鸟的舌，装有倒钩，可以勾出隐藏树木中的昆虫；并且有黏性，可以黏住微小的生物，如蚂蚁等。总之，鸟类的舌，虽有各种式样，但都是各自适应于她们的生活的。

鸟类的舌，常被角质；所以推想起来，她们除非吃着刺激性很强的东西，不是容易感味的。但我们也不能确定地说，因为她们对于食物的种类，也很注意。曾有人观察鹅的求食，像是有味觉的。一群鹅，在江边垃圾堆中捡择西瓜皮，其中搀混的弃肉，都一一剔去。西瓜皮上，当时被有污秽，有一只鹅，就衔到水中，让流水冲洗，她静在旁边守候，直到洗净，然后衔起吞食。

第20节　眼与耳

鸟类的眼睛，与人类极不相同。她们是圆形的，生在头的左右两面，所以同时看见两方面的东西；只有鸱鸺，她的眼睛，都生在前方，和我们同样。

鸟类的眼睛，有各种颜色，除像我们人类的黑、褐、雀、灰等色以外，还有淡和深的绿色，鲜明的红色，深黄色、橙色、淡白色以及白色。

鸟类也和我们一样，有两个眼睑，但我们是用上眼睑闭合眼睛，而鸟类则大多数用下眼睑。她们另外还有一个眼睑，在上下眼睑的内面，是一层匀薄白色的薄膜，其运动方向，横过眼睛，我们特别给它一个名称，叫作瞬膜。

鸟类的眼睛，和人类还有一种不同的地方，就是她们所见的东西较为巨大。她们的眼睛，好似一面放大镜或是显微镜，所以我们人类难以看见的虫卵，莺是很易察觉的。她们的眼睛，更有望远镜作用；你看一只鸢，高高的回翔空中，她还能看见地上在跑的田鼠，犹如我们带着望远镜，一样明晰。鸥鸟翱翔海上，她能看见水面游泳的小鱼，以及经过船只所遗弃的面包屑，纵使为泡沫所掩蔽，她还能清清楚楚地辨明。

波耳斯氏曾经饲育一只鸱鸺，随他出游。他说：这鸱鸺的视力，较他用高倍的望远镜还要强，许多时候，鸱鸺能看到极远的鹰鹞，波氏即用望远镜,也不能察及,要走许多路程,他才能望见不过一个黑点那样大小。

黑耳部兰岛移徙的鸟类,有一次忽然群集某氏的私园中,在树叶间搜寻食饵。园主不察,以为她们在啄食树叶,他就射下几只。但他发现她们的胃中都是毛虫,于是开始注意到树上有无数毛虫,隐在蜷缩的叶缘内。人是看不到毛虫的。所以这一群鸟,必定在飞翔中,见到蜷缩在叶子上的毛虫,才飞下来。

如此的眼睛,对于鸟类寻觅食物,避免敌害,大有帮助。但设想起来,鸟类看到人时,必定大得很可怕了。

鸟类的耳朵,虽然为羽毛密密地覆被着,但她们是和眼睛一样的大有用处。枭的头上,左右各有一丛羽毛,向上突起,我们通常都称它为耳,但这并不是耳朵,这不过是一种装饰物,犹如别种鸟类的冠羽,或修长的尾羽一样。

鸟类的耳朵,虽然不易看见,但是我们却决不可以为鸟类是没有耳朵的。她们能够听见低微的声音,比较我们敏锐得多。鸫鸟在草上步行的时候,常侧着头,默立静听,想来她这时候必定听见地下小虫的移动,稍停一息,她就可从这个地方,啄起一条小虫,以作食饵。啄木鸟常用嘴敲击树干,再侧首静听,她听见有昆虫转动的声音时,开始啄开树皮,于是,俘虏品就可以取出。

常被人所猎击的鸟类，如凫和雁等，她们能够辨别人类或别种动物的声音；一只鹿或是一只野兔，在丛莽中走过，她们会不甚注意；假使一个人在远远的地方，微微有一些声息，她们就开始逃避。

鸟类的耳朵，在眼睛的后方稍下处，由柔细的羽毛覆被着，假如将这些羽毛披开，我们就可看见。枭鸟类，她们有一张柔膜，她们假使要静息一回，就可以将这张柔膜掩着耳朵，这对于她们日间睡眠的习性，甚为有用。

波耳氏讲过苍鹭的敏锐的听觉，她在树上整理羽毛，波耳氏则隐在丛薮中，波耳氏想用种种声音，使她飞去，他先模拟各种的动物鸣声，如鸭鸣、犬吠、猫叫、驴嘶，她一点不惊慌，仍旧很是快乐。随后他又作哨声和歌声，更作清楚的说话声，她只向波耳氏的方向探望，要看看有什么东西，藏在哪里；最后他脚下踩断一根树枝，苍鹭就远飞而去，这个声音，她晓得是最恐怖的仇敌人类所发的。

第21节　脚与腿

鸟类的站立，只用她们的足趾，并不像我们用全只脚的。她们细长的部分，我们称它为腿的，其实是脚，接近腰部的关节，则就是膝。在这本书里，为叙述的方便起见，我们将沿袭通俗的称呼：就以趾部当作脚，以上面细长的部分当作腿。

我们人类在全世界不分哪个民族，每人都有同样的脚和足趾数，但鸟类则不尽然，大部分鸟类有4趾，有些则只有3趾，最少就只有2趾。脚的功用，极有变化，因功用的不同，可把鸟类的脚分为三种：第一，好比我们的手，能够握住树木，我们就称它为栖止足；第二，只能像人类的脚那样动作，不能把握，称为爬抓足；第三，和上两种都不相同，却好似一柄划船的桨，是为游泳足。

鸟类的栖止足，常常3趾向前，一趾向后。它们能够尽力地把握树枝，普通小鸟，都是如此。猛禽类的捕获食物，如鹰枭等捉住田鼠、松鼠及其他小动物，亦都是用这一类的足。这种栖止足，趾的位置，还有一种式样，如啄木鸟等2趾向前，2趾向后，抓住树干，甚为适宜。栖止足内，都有筋腱，好似绳索，富有弹性；鸟类将她的腿弯曲时，趾即纽合于一处；如是坐在栖木上，只要她自己不要离去，永无落下之虞。

爬抓足的鸟类，都是在地上或水中生活的种类。她们不常在树木上睡眠，她们常站立或蹲伏地面。在北方寒冷地方，遍布白雪，爬抓足的趾旁，生有似蹼的瓣，以防行走时陷入雪中，犹如我们穿雪鞋在雪中行走。

鸟类的游泳足，趾间有蹼，连成一片，合为桨棹状，这些都是水鸟。如凫、鸭、雁、鹅等是。

各种鸟类的趾端，都有修长尖锐的爪。夜鹰的中指，爪的一边，有好似梳栉的齿状附属物。

趾以上细长的部分，通俗称为腿的，在科学上特名为跗蹠。跗蹠部常常裸出，表面被有革质的皮。有些鹰和枭，被有羽毛，而在寒地生活的种类，都有羽毛下垂至趾。

绿头鸭

鸟类的生活

对于这些裸露的腿,如仔细观察,可以发现它的表面,不似我们的铅笔杆那样光滑,都有各种的区别。不同种的鸟类,常显现不同形式的区别,有些像屋面的瓦片,有些像小方块,有些细微像小鱼的鳞。这些区别,对于科学的研究,尤其分类学上,甚为有用;有同样区别的鸟类,大概类缘近似。

腿的长短,和鸟类的大小,不必一定相应,倒和其生活状况,极有关系。有些鸟类,不常在地上行走,如蜂鸟、燕子等,腿极短缩。长时在地上行走或跳跃的种类,腿就较长。而涉水的鸟类,那就最长了。

第 22 节　翼与尾

鸟类翼的外形，全不似我们的手和臂，但骨骼的组合，仍旧是同一的。她们也有肩肘和腕，同我们一样，不过她们虽然也有手指，但为羽毛所遮被着，是以通常我们都不注意。她们的指数，没有我们那样多，而且不像我们那样能活动。

鸟翼是一种奇异的飞行机器，我们人类用尽了心机，才能勉强造成，却总不及它巧妙。它由长而坚硬的羽毛组成，休息的时候，各羽互相重叠，翕在背上，开展时好似一柄扇子，激动空气，就可以将她的身躯移行。

羽毛的力量，我们粗想起来，不会如此地大。但要知各根羽毛，系由羽枝合成，羽枝上有我们肉眼所看不见的小钩，互相钩住；而各根羽毛又边缘互相重叠，所以张翼的时候，仿佛一块固体的木板，非常坚实。

翼的形状，不尽相同；燕子的翼，长而狭；雉或鹑的翼，则短而圆。由翼的形状，我们可以推想她们飞翔的能力：有修长尖狭翼膀的鸟类，她们能掠飞疾行，胜任悠长的时间；有短缩圆钝的翼的鸟类，只能作近距离缓慢的飞行，这些鸟类，体躯也较为笨重。最长大的翼膀，在海鸟中发见，例如海燕、军舰鸟等；最短小的翼膀，也在水鸟中发现，因为她们的游泳能力，甚为发达，所以不需飞翔，例如企鹅，她的翼退化得像鱼鳍。

翼的羽毛,各有名称。逐一叙述,太嫌琐细,姑且从略。只有一种是应说起的,就是一种修长而坚硬,称为拨风羽的羽毛都固定在筋肉中,极难拔去,为保持鸟类安全的紧要部分。

鸟类的翼,除飞翔外,还有一种功用;它是一种强有力的自卫武器。大型鸟类,扑动一下,可将他物折断;通常的鸽子,据说常举起一只翼膀,以防仇敌的攻击。

有时翼膀却如一种乐器。啄木鸟飞翔的时候,翼间发出一种啸声;雉类常作粗重的啪啪之音;群飞时,每闻声音聒噪,盖非但鸣声,并有羽声搀混的缘故。

翼如长时间不用,则逐渐变为衰弱细小,终于无用,不复飞翔;例如鸵鸟和前述的企鹅就是。我们饲养的鸡鸭,也是退化的适例。

鸟类的尾,由成对的即偶数的羽毛合成,其数通常为12枚。扩张时,好似一把扇子,禽合时,互相重叠,中央一对,在最上面。

尾羽的长短,不一定相等,因此尾的形状,有种种的变化。有些是等长的,称为角尾或平尾;有些中央几对较两边为长,称为圆尾或突尾;有些两边的尾羽较长,则称为叉尾或燕尾。

尾的作用,可以变换飞行方向,所以西文称尾羽为 Rectrices 或 Ruddes,意思就是舵羽。还有一种作用,可以增减飞行的速度。

尾的运动,也用以表示情感。例如鹡鸰,她将尾作左右摆动,或上下翘动,以表示各种的意义。

啄木鸟的尾羽,尖端不似他种鸟类那样柔软,羽轴甚为坚硬。雨燕则是尖削如针。

尾羽不及翼羽那样牢固,容易拔出,有时我们想捉住一只小鸟,但只有搦住她尾羽的时候,她就可以乘机逃去,只剩尾羽在我们的手中。

第23节 羽毛

鸟类全身饰以羽毛,但所有羽毛,不是完全相同,有好多种。其中最常见的,为飞翔羽、衣饰羽和锦绒羽。还有粉䎃一种,则不是各鸟所全具的。

各种羽毛,都有同样的构造。第一为翈,就是和身体连接的角质部分。第二为羽轴,即白色而着生羽枝的部分。第三为羽枝,着生于羽轴的两旁,多数合为羽瓣。羽瓣和羽轴,又合称为羽身。又有小羽枝,由羽枝所分出。最后分微羽枝,自小羽枝分出。翼羽上,各小羽枝都以钩互相连合。

羽毛虽然由相同的部分造成,但外表极不相似。翼和尾的羽毛,坚硬而强固,称为飞行羽,前述的拨风羽,就是其中的一种。胸、腹、腰、脊等躯干上的羽毛,较为柔软,用以保护体温和干燥,称为衣饰羽,因为它们好似鸟类的衣服。

绵绒羽亦称为绵羽,亦称为䎃,都隐藏在衣饰羽的下面,如其名称所指示,犹如人类的内衣。鱼狗潜水,凫雁等长时在水中,她们都有极厚密的绵绒羽,防水侵及肉体。

粉䎃只生于几种鹭和鹦鹉身上,它的式样,和绵绒羽相同,不过梢端不绝生长,常分解为粉屑而散落。它的功用,还没有一个人能知道。

马尾鹦鹉

羽毛中还有像西方人作装饰用的鸵鸟羽那样细长而柔软，直立时易为风所吹动，有飘飘欲仙之慨；还有孔雀及他种鸟类的羽毛，或辉丽绚缦，或修长逾常，甚为可爱。这些羽毛，都与飞翔或保温无关，只不过用作装饰。鸟类中有多数极为华丽。自然真是厚惠了鸟类的衣饰，比较其他无论什么动物。

鸟类的羽毛，也用以表示情感；你看两只雄鸡，互相争斗的时候，他们将羽毛竖起，身子好像忽然变大。有时振动两翼和尾，则是表示兴奋。有时要避免注意，那么他们的羽毛，可以完全改形；例如枭鸟，假如跌在地上，她就扑开她的身躯，紧贴地面，我们粗看起来，误认其羽色为枯枝败叶，颇不惹目。

没有一个人能够用心爱护他的衣服，如像鸟类。鸟类的衣饰，她们保护周密，是以终年常新。大多数鸟类，总天天洗沐，待完全干燥后，每根羽毛，都经过她嘴的梳掠振刷。临睡之前，她们总将日间所受的尘埃，振颤除去。

洗沐以后，除干燥外，羽毛上还需加油，以维持其最佳的情形。尾际生有油脂腺，水禽中此腺最为发达。鸭与鹅，我们常见她们的嘴，在尾际啄过，又遍身修饰羽毛，就是此故。

鸟类似乎很晓得自己羽毛的完美。例如孔雀，当她展开尾羽的时候，假使有一二根折损的羽毛，那么她就觉得有些羞耻。假如我们试将一二根不是她身上所有的白色羽毛夹入，那么她将非常不高兴，必将极力设法除去才罢。

第24节 色彩

鸟类不是终年穿着一色的衣服，前面换羽一节中已经说过。例如一只金鹩，夏季被着黄色的羽毛，随后变为匀净的暗橄榄色和黑色。朱莺本来是美红色的，到冬令就变为绿色。其他有些鸟类，一季中布着斑点，另一季则为纯色。

色彩的改变，大部分由于羽毛的交换。普通鸟类的换羽，都在秋季，春季则有一部分换去。这个现象，前文已经说过。第二种的变色法，由于羽毛上一部分的消磨，而其尖端或边缘的耗损。有些羽毛，它的边缘和中部异色，譬如有一只鸟，羽毛的尖端和边缘为黄色，其他则为黑色，那么羽毛初生时，甚为完全，互相重叠，如屋上瓦片那样覆盖着，只有边缘露出，所以看去为黄色。但黄色的边缘，较其余部分为脆薄，易于折损消磨，一到春季，差不多完全断去，于是一只黄色的鸟，到这时变作黑色了。草鹨就是这样变色的，冬天她是褐色或黄褐，春季尖端消损，遂现黑色和黄色。

还有一种变化，较为奇特，她们冬季身上布着白点或淡色的锚形斑，到春季这些斑纹，完全除去，此种白色或淡色部分的除去，好似用剪刀剪去一样的整齐。

鸟类的色彩，如黄、红、褐等，均由色素生成。其余各种颜色，则都由羽毛的构造所致，就是羽毛上有极微的沟棱或点突，和三棱镜同样的作用，将光线反射而现色彩。

草鹨

鸟类的色彩，不但美观，更有实用。最大的用处，就是便于隐匿其身，这就鸟类的动作上，可以证明。有枯叶沙砾色彩的鸟类，她们常常静止或蹲伏以避敌目；如此色彩的鸟类，在巢内时，常让人走近其旁，我们虽然有时已经用手触着她的身躯，还不自觉。

有些线条纹色彩的鸟类，她们在树荫或树丛中，和日光照下的枝叶阴影相混，极难辨认。地上生活的鸟类，常有杂色斑点，好似地面。夜莺有终日伏处树干上的习性，所以她的色彩，甚为幽暗，和环境相适合。

鸟类当休止时，常能将显著惹目的色彩隐去，唯飞翔时，则显露于外。例如悬巢，她静止的时候，不甚美观，迨展翼时，则翼面的白色斑点，极为耀目。草鹨在地上时，色彩很暗淡，飞翔时则尾部两侧的白色，显露于外。

此种平时不显露而只现于飞翔时的色彩，研究鸟类的人，晓得她们是用以作为"危险的记号"或"辨认的标记"。在她们群居生活中，有一羽这样显露时，同伴可借以互相认识，或感知危险的来临，而一同避匿。

第4章　与人类的关系

第25节　鸟类为我们工作

本书已屡次提及鸟类的功绩。她们自朝至暮,差不多全日的生活,都在为我们工作。当然,她们自己,并不知道,她们不过很简单地在猎取她们自己所喜欢的食物。

她们所选择为自己应用的食物,含有大部分为破坏我们农林事业的生物。如蚕食树叶蔬菜的毛虫,蛀坏果实的蛴螬,啃伤蔷薇和马铃薯的甲虫,侵袭作物的鼠类,以及其他种种害虫。

有些鸟类,诚然也喜欢吃草木果实,那些是我们预备为自己应用的。但是,我们不可忘记了她们的贡献,由于她们的工作,我们才能得到这些东西,应得让她们尽量取用。

我们这样地说,不是溺爱鸟类,或则专是一种仁慈的态度,实在因为她们对于我们,确有这样的利益关系。美国政府曾经采集无数鸟类,解剖其胃,视其内容物,确定她们有这样的利益。

鸲鸟、伯劳和几种其他鸟类,喜欢吃毁灭植物的幼虫,一只鸲鸟的胃中,可以捡出300只幼虫,这仅是一餐的食量。蚂蚁是极扰人的昆虫,在金翅鸳的胃中也可以发现二三百只。

家鼠、田鼠、松鼠等,对农作物的危害,农夫虽用尽心机,亦无良法除灭。但这些生物,却是鹰、枭等的便常食饵;我们若能保护这些鸟类,那么她们自能代人效劳,而且可得极大的功绩。

美洲伯劳鸟

弃在海滨江畔的沙上或浮在水面的各种尸体秽物，鹭、鹳、鸥等水鸟，常取为食。这些东西，如不除去，将致人类疾病。但现在作为妇人帽装饰等滥用的缘故，而杀死白鹭等水鸟，这是何等不知轻重的事！

鸟类除为我们驱除动物以外，更灭杀了无数有害植物。她们吃去田野庭院间随时发生的草木种子，因此得有余地，为我们种植。

雀科鸟类，如麻雀、桑扈等，夏天啄食多数的昆虫；一到昆虫减少而草木子实成熟的时候，她们就改食种实。著名的食种实的鸟类如金鹦等，她们用厚重的嘴，啄破种实的外壳，然后食其仁肉。这时胚芽已被啄伤，所以啄破后，鸟虽不食，亦不复再能萌发。有些食浆果的鸟类，浆果如覆盆子、草莓之类，其子实外壳，甚为坚硬，鸟类不能啄碎，亦不再啄，吞至胃中，并不消化，仍旧完整排出，可以随处生长。因此鸟类的行为，真是非常符合于人类的意志，将害草完全除去，而莓类等有用植物，就各处分布着。

蜂虎因为她能食蜜蜂而得名，但她所食的只是一些无刺的雄蜂，雄蜂不会酿蜜，除去与人无害。

现在让我提出两种事实，请读者诸君注意：

第一，所说鸟类有害的故事，都是观察不精确的缘故。例如有一个人，看见一只鸟在他的正在放花的果树上，他就立刻以为在伤害他的果树，他就随即加以驱逐，或则还做了报告，说某种鸟类是食苞蕾的。别人又从而转述之，于是各处果园，都视鸟类为仇敌了。

第二，当辨别各种鸟类，何者为害，何者为益。现据研究所得，如燕子、杜鹃等鸟，我们是终年不可捕取的。雉、鸫等类，则在秋冬可以捕取。其终年可以捕取的鸟类，不过麻雀等极少几种而已。

第26节 鸟类的保护

鸟类既然如是的有实用,而且美丽、有趣,极宜引之接近我们,以增快乐。此事并不烦难,因为她们是甚易驯人的。普通的人,若能试以使鸟类快乐的方法,代替那些射击和投石,那么鸟类就能和你们十分亲近。

赫因氏说:日本偏僻地方的野生动物,对人不现恐惧,是一种极为悦意的事件。那些地方,多是猎人所不到的处所。旅行挪威的人说:那里的鸟类,从不受人袭击,她们常常很自由地飞到人家屋里。当严寒的时候,她们就到屋里来取食,取暖。美国佛罗里达州,有一个人,他不愿鸟类在他的区域内有一些惊恐。结果,有多数鸟类,很亲近他,有一种蜡嘴鸟最为驯服,能自他的手中,啄取食饵。

一个人,假如要和鸟亲近,第一,对于她们应加保护。易于欺侮小鸟的猫和喜欢投石或惊吓鸟类的顽童,须十分注意赶开。第二,鸟类所喜欢的树木丛薮,应当广为种植,因为这是鸟类的食物和营巢的场所。小鸟营巢的适宜地域,以密箐丛莽为最佳。巢箱可以挂在树上,但常绿树林中,宜使空气十分流通,否则将不会吸引鸟类。为食饵故,对于莓果树类,尤应多植。在城市中,除为鸟类设隐蔽之所外,还须有围篱以防止猫及其他害鸟的动物。

曾有人于家园中,让树鸫等做巢,她们见猫来时,必发异声以作警告,迨家人闻声而出,就为她们赶去仇敌。有时若无人出来,

树燕

她们就飞到廊前狂叫。在她们孵卵的时候,她们的邻居,能代行设法。

最紧要的,尤其在较为广大的都市中,应得特别设备供给鸟类饮用和浴用的清水。水宜盛于不甚深凹而边缘广阔的盆中,使鸟类易于栖止,不致溺没。若在较深的器皿,底下可盛多数清洁的石子,以免鸟类溺没受惊。水深不得过2寸。宜十分保持清洁,每天更换二三次。

夏天可不必给食物,因为那时候,她们可以采取自然的昆虫和种子。冬天情形就不同了,应当有节制地助以食饵;若分量过多,她们将完全依赖人类,不再自行觅食;如过少,或有时遗忘不给,则鸟类将受饥饿而他去。

给食地方,宜十分安全,放置食饵架子,常为猫、犬和顽童所不能及的地方,窗槛上是一个适宜的处所,廊前、阳台等处亦佳。

每天给予食物,宜有一定时间,好使她们知道当一定时间来就食。

食物种类,可予肉类、青菜、面包等吃剩的碎屑和砧头屑以及各种谷类,这些谷类须先行研碎或压扁。最佳的食物,当为未煮的生肉,如有大块,可用铁丝串起,让她们自行啄食;或者碎为粉末,铺在架子上亦可。

美国有一妇人,她有几年于冬季逐日必与鸟类一次点心,这些鸟类,差不多是她的宾客。种类很多,有啄木鸟、鸥、山雀、蓝雀、蜡嘴和麻雀。她们受了她一餐之恩,于是在这个季节中,就差不多终日歌唱着以酬报她。

假使要研究鸟类,应当先和她们亲近,所以对于鸟类的保护,是一个研究的下手方法。

|鸟类的生活|

第27节　鸟类研究法

人类对于死的鸟类，已费过多时研究。关于鸟类身体上的事项，例如她们的器官和骨骼的组合，羽毛的形状和色彩，翼和尾有几根羽毛，如何长？又如何广？嘴和足的形状，这些事实，都已很白地用文字或图画，记录在各种鸟类学的著作中。

关于鸟类的几种易于注意的习性，也已被人察知。例如在何处筑巢？何处消遣其时间？冬天到何处去？采取何种食物。何时变换其羽毛等，也都有记录。

但是关于生活鸟类的研究，例如她们家族生活的状况，个体行为的情形，以及她们的智慧，她们的能力等，这些都还在困难的开创中。

到野外去研究鸟类的自然生活情形，是一种很有兴趣的事情，当有许多新材料发现，以酬劳你们研究的热忱。在开始研究时，应注意两个条件：第一，宜如何从其生活中研究。第二，宜如何不杀死她们，而能认知其情状。研究时要取一种小心观察的态度，而且据实地报告出来。

现在试举一些观察的方法。假如你看见一只鸟的时候，不应当得一个概念或印象就算，应当注意到她的各方面。她在如何行动？她的形状大小如何？颜色纹彩如何？都该一一记录。

黑头蜡嘴鸟

假如她在采取食物，这是大多数鸟类常有的事；你须观察她从什么地方采集？树干或是草间，还是搜寻叶间，还是钻凿树皮，还是地下掘取，还是空中掠取。同时要注意她吃的是什么食物？或是种子，或是蛄蝼，或是蛴螬，或是甲虫，或是蠕虫。她又如何吃法？即刻吞咽，掷击令毙，还是含在口中，久久不食。

其次观察她的举止。若是静立，是否摇动她的身体或尾羽？若是飞行，是否徘徊枝叶间？是否停留花前？是否啄击树皮？更看她是行走还是跳跃？是鸣叫还是静默？是直飞还是波形进行？这许多方面，多应熟知，而且须在顷刻之间领悟到；那么过后在你找参考书来核对时，可不致狐疑或迷惑。

你对于她的大小，也应记录。但观察当然是不能用尺测量，所以你是得着一个概念已足。你可先用几种鸟类做标准，例如常见的麻雀、门头翁、鸫、斑鸠、乌鸦等，随意择定几种，那么假如你见一只燕子，就可记录下来：

"大小＝麻雀"

凡和麻雀同样大小的鸟类，都可这样记录。假如相差较多，那么用一正号，以为区别，例如：

"大小＝麻雀＋"

"大小＝麻雀－"

就是说前者较麻雀略大，后者则略小。

再次观察其形态：如燕子那样是瘦瘠的，白头翁那样是肥壮的，戴胜有美丽的羽冠，三光鸟有修长的尾羽。其他如尾尖是平、圆、突或叉形，嘴和头长的比例如何？嘴的形状色彩如何？高而厚，如金丝雀那样是食种子的；长而直，如鹬那样，是食虫的；锐而扁，张口甚广，如燕子那样，是食飞虫的。

最后记录其羽毛：先普通的色彩；其次特殊的斑纹：如翼和尾有横纹，或绕眼有环纹，或越过眼稍有眉纹；喉白色或是黑色，胸部有斑点或条纹，凡此种种，都应即刻录下，且不可藉记忆补记，以免错误。

记全以后，可回到家里，向书籍中对出她的名称，或其类似的种类，有些人主张要知道一只鸟的名称，应得取鸟在手中，精密测其大小，但这是一种专门研究的方法，通常并非必要。

你观察的时候，应当十分细致，不可妄下结论。譬如你看见一只鸟在花上，你不能就说她在摧残花蕾，她或许在搜寻枝间的虫卵。又如一只鸟在果树中，你也不能即刻说她在取食果实，她或许是在寻觅叶底的昆虫。你要决定她是我们的朋友或是仇人，你应当用异常精密科学的态度。

又如你假如见一对在树上很忙碌的小鸟，你不可就说这树上，她们有巢造着，除非你在树上发现一个巢，但这个巢是否她们的，还不能肯定，要等你亲眼看到她们在巢内出入，那么你才可下结论。

敏锐熟练的眼光，对于鸟类生活的观察，甚为必要。一种精妙的望远镜，可使你和被观察的鸟类，距离短缩，不致惊动她们，她们的形态或动作，都可愈觉明晰地观察到。

对于细微精深的观察，初习时可以省去。假如有一只小鸟，飞在高树顶上，当然你是不能致细看见她的。所以最初研究时，应当限用较大较不活泼的种类为对象。假使希望太奢，那么你易遭挫折，将会减损你研究的勇气。

你研究到有兴味的时候，将使你每日每时，都耽心于此。你每明了一只鸟的情状时，你总能感到一种非常的快乐。你将继续你的热心，终身不移。

研究鸟类，关于参考书籍，是很重要的。但现在以国语写的关于我国鸟类的著作，一册还未曾出版；所以你如果热心研究而遇到不十分明了的时候，不妨同你的教师或年长有识的人共同探究。

关于要观察的要点再简明地列举如下：

（1）地方——树，灌木，地上。

（2）大小——如麻雀、白头翁等大。

（3）形态——长，短，弱，胖。

（4）嘴——高，粗，阔，长，钩曲。

（5）尾——长，短，平，突，圆，叉。

（6）脚——长，短，鳞形。

（7）趾——蹼，转动法，后爪长。

（8）色彩——鲜明，暗淡，纯色，杂彩。

（9）标记——在头，胸，翼，尾，背上。

（10）举止——行走，跳跃，等闲，活泼，喧噪，静默。

（11）食物——种子，浆果，昆虫；自地上，树干，叶间，水中。

（12）歌唱——长，短，连续，间断。

（13）飞翔——矢，直波，动。

（14）巢——处所，形状，材料。

（15）卵——形状，色彩，大小，个数。

（16）雏——羽毛，动作。

图书在版编目（CIP） 数据

鸟类的生活 / 贾祖璋著. — 北京：中国国际广播出版社，2017.1
（2020.7重印）
（科普大师经典馆. 贾祖璋）
ISBN 978-7-5078-3909-8

Ⅰ.①鸟… Ⅱ.①贾… Ⅲ.①科学小品－作品集－中国－当代 Ⅳ.①I267.3

中国版本图书馆CIP数据核字（2016）第263881号

鸟类的生活

著　　者	贾祖璋
策　　划	张娟平
责任编辑	孙兴冉　笑学婧
版式设计	国广设计室
责任校对	徐秀英

出版发行	中国国际广播出版社［010-83139469　010-83139489（传真）］
社　　址	北京市西城区天宁寺前街2号北院A座一层 邮编：100055
网　　址	www.chirp.com.cn
经　　销	新华书店
印　　刷	日照教科印刷有限公司

开　　本	880×1230　1/32
字　　数	30千字
印　　张	3.25
版　　次	2017年1月　北京第一版
印　　次	2020年7月　第二次印刷
定　　价	20.00元

欢迎关注本社新浪官方微博
中国国际广播出版社
官方网站 www.chirp.cn

版权所有
盗版必究